THE ROSE THAT GREW FROM CONCRETE

ゲットーに咲くバラ

2パック詩集—新訳版

トゥパック・アマル・シャクール

丸屋九兵衛 ｜ 訳

PARCO出版

子供たちへ

私たちは子供たちをサポートせねばならない。可能な手段は全て使って。
子供たちがクリエイティブな自己表現ができるよう、自由を与えなければ。
子供たちを称え、彼らが持っている宝物「インスピレーション」に感謝せねば。
子供たちのスピリットを奮い立たせ、モチベーションを高めねば。
子供たちのチャレンジ精神に働きかけ、より高いレベルを目指すように刺激せねば。
子供たちに自信を持たせ、より良い暮らしを築けるように導かねば。

だから、子供たちに言いたい。
絵を描き、文を書き、演技、歌、ダンスを楽しみ、考えて、表現すること。
そしていつも夢見ることを忘れないで、と。

Nzingha、Malik、Imani、Zahra、Keon、Lil Jamala、Mia、Kyira、Avani、Maya、Jasmine B.、
Ineke、Maja、Jacia、Jemil、Yusef、Rubiyah、Helen、Jada、Carl、Milan、Seleick、Ashaki、
Valencia、Adaija、Lianna、Lil Imani、Alai、Kai、Alana、Remi、Rylie、Etan、Leigh、Shaquan、
Talia、Devanee、Nikko、Demouria、Alana、Henry Ⅲ、Marquessa、Emily、Audrey、Andrew、
Alyssa、Mathew、Brooke、Alex、Arielle、Jonothan、Ashley、Kayla、Jax、Rafi、Chan'tal、Coyに捧ぐ。

目次

008	謝辞
010	前書き
012	序文：トゥパック、天国で会おう
016	2パック詩集のための序説

ゲットーに咲くバラ

022	ゲットーに咲くバラ
024	孤独の深淵で
026	俺👁は泣く
028	この空の下のどこかに
030	俺の目に映る人生
032	心が冷めきった時
034	無題1
036	永遠の嘆き
038	正義に生きる人だけに捧ぐ
040	名声が何か?
042	輝く星はあなたの中に
044	星が輝く夜
046	もし俺が挫けても
048	俺👁は何を探し求めているか
050	恐れ
052	神

俺たちを引き裂くことはできない

056 　俺たちを引き裂くことはできない

058 　親愛なる人へ！

060 　苦しい時は

062 　心を傷つけるもの

064 　ブラック・ウーマン

066 　それでも君を愛す

068 　二人の悲しみ？

070 　第一印象

072 　語られざる愛

074 　永遠と今日

076 　君に口づけする時

078 　ブロンクスのカルメンチータ！

080 　無題2

082 　愛とは複雑なもの

084 　エリザベス

086 　俺の心が嘘をついていた頃

088 　ひとめ見た時から

090 　エイプリルの詩

092 　生涯の妻

094 　星から滴る涙

096 　3月1日：エイプリルが過ぎ去った翌日

098	なぜお前たちは裏切るのか
100	笑顔の力
102	創世記（俺のハートが生まれ変わったわけ）
104	嵐の中の愛
106	彼女に何を差し出せるだろう
108	ジェイダ
110	キューピッドの涙
112	キューピッドの笑顔 II
114	👁には見える！
116	情熱の真っ只中で
118	二人の願いは一つ
120	時は過ぎゆく

自由の空気を吸い込む時

124	自由の空気を吸い込む時
126	ホーキンズさんへ
128	太陽と月
130	巨星墜つ
132	政府の援助か 俺の魂か
134	家系樹
136	あるいは 俺の魂
138	英雄が地に堕ちる時

140	無題3
142	引き裂かれる俺たち
144	永遠に流れる河
146	黒豹のプライドがわかるか
148	十代の母が流す涙
150	固い意志さえあれば

自由の女神に眼鏡を

154	自由の女神に眼鏡を
156	このありさまで自由になれるか?
158	約束
160	そして明日
162	勝つ見込みなどない
164	回答不能?
166	悪夢
168	そして俺は別れを告げる
170	俺が逝く時には

172	訳者あとがき

謝辞

トゥパック、私は神に感謝したい！

あなたが生まれてきたこと、あなたとの親交、あなたの愛、絶対に負けない誠実な魂、そういった贈り物に対して。

Sekyiwa、素晴らしい女性、可愛い娘、勇気ある母親にして、我がシスター！この世界を私とともに歩んでくれてありがとう。

NzinghaとMalik、あなたたちがこの世界でやっていけるよう、私たちは頑張っていきます！　創造し、愛し、笑うことをやめないで！　我が姉妹、Gloria Jeanとファミリーへ、50年以上も支えてきてくれてありがとう。母 Rosa Belleと父 Walter Williams Jr.もきっと微笑んでいると思う。私たちが家族への責任を果たしているから。ボルティモアの家族。ランバートンの家族。Lisa Lee、My Team/Rick Fischbein、Donald David。Beth Fischbein、Jeff Glassman、Linda Amaya、Sandy Fox、Dina LaPoltとクルー。Jeff Joinerとその家族。Rick Barloweとその家族、Henry Faisonとその家族。Devanee、Talia、Nikko。Johnson一家、特にSandra、長らくトゥパックを支えることになる食糧と秘伝の春巻きレシピに感謝。Belvie Rooks、Ebony Jo-Ann、Sonia Sanchez、Nikki Giovanni、Kathleen、Ignae、Angela、Lyle、Elanor Gittens、Jasmine、Karolyn、Gigi、Charlene、Charis Henry、Akilah、Cynthia McKinny、Tre'mayne Maxie、Dana、Tom Whalley、Liza Joseph、The Shakur Family Foundation、Thomas McCreary、Carl、Staci、Felicia、そして長い道のりのあいだ、私たちを支持してくれた全ての友に感謝しています。愛してる！　Joey Arbagey(KMEL)、Tracy Sherrod、Eduardo Braniff、Calaya Reid、Jack Horner、Mike Mitchell、Toby、Emily Bestler、Kara Welsh、Liate Stehilk、Anthony Goff、Paolo、Pepe、Jeanne Lee、Liz Brooks、Lisa Silfen、John

De Laney、Stephen Fallert、ありがとう。本当にありがとう。いろいろと繋ぎ、やりくりし、戦ってくれたMolly。これからもまとめ役をお願い。書き、読み、また読み、そしてコミュニケーション能力を発揮してくれたことに感謝しています。みんなあなたを頼りにしてるわ！ そろそろ言い尽くしたかしら?(No) Jamal Joseph、Arvand Elihu、James Cavinal。詩のサークルのLawanda Hunter、Ray Luv (Raymond Tyson) Damond、Jacinta、T.J.、Lotoya Gilel、Uilani Enid、Arrow、Monica McKnight、Dimpho、Tebojo。Young Imaginations、AIM、Kidz Voices、Kaleidscope、International Women's Convention、バークレーのAshkenaz。他に先駆けてトゥパックの詩を受け入れてくれた高校の皆さん。Corina Abouaf、Reese Hogg、David Steinberg、Herb Steinberg、Mac Mall、Tracy Robinson、Gobi。そしてTalia、Devanee。ありがとう。

アフェニ・シャクール

　私の子供たち、Shaquan、Talia、Devanee、Nikko、そして他の「我が子」たち、この仕事はあなたたちゆえ。「わが心あふるる」想いです。

　アフェニ・シャクール、あなたは自分の一人息子を私に預け、そして世界中の人々に彼を捧げてくれた。ベッドから起き上がる力すら出ない朝でも、トゥパックのスピリットが私に元気をくれる。そんな彼にスピリットを吹き込んだのはあなた。そのこと、そして彼の作品をこういう形で出版させてくれたことに対する感謝は、言葉で表現できないほどです。

　トゥパック、私の魂の一部は今もあなたと共にあるけど、まだこの世にある魂で、あなたがやりたかったことを引き継いでいきます。

レイラ・スタインバーグ

前書き

アフェニ・シャクール

人生を祝おう
音楽を通じて
言葉を通じて
　紙や
　木や
　鉄や
　キャンバスに描かれる
さまざまな色を通じて
あなたの人生を祝おう
　喜びや
　悲しみを感じられることを
祝おう
感じることができる、そのこと自体を祝おう
さもなくば何も感じられないのだから！

　まずは神と先祖たちに感謝します。アーティスティックで詩的なトゥパック
を授けてくれたことに。
　トゥパックが言葉というものに感謝しなかった日は一日もありません。彼は
言葉の音とリズムを怖れることなく、いつも、可能な限りの視覚表現と言語
表現で、自分の世界を伝えようとしていました。知性と魂の衝突、それは
人を魅了するものです。
　ここに収められた詩は1989年から1991年に書かれたもので、息子の

心と魂が反映された作品ばかりです。若いアーティストが、とんでもなく矛盾だらけの世界に直面し、それを理解し、受け入れていく過程を表していると言えるでしょう。私が信じていた通り、トゥパックの作品には明らかな価値があり、何かを付け加えることも差し引くことも必要ありません。彼が生涯をかけて作ったアートを、ふさわしい場に届けるために尽力すること、それが私の使命です。

　　トゥパックはこれらの詩をレイラ・スタインバーグに託していました。初めてのマネージャーであり、友人でもあるレイラに。トゥパックの作品をずっと大切に保管しておいてくれた彼女の誠実さには、返しきれないほどの恩を感じています。その一途な心あってこそ、こういう形で作品が出せたのですから。
　　トゥパックには多くの友人がいました。それも、今でも無意識のうちに彼がその場にいるかのように行動してしまう人たちが。そういった彼の同僚、友人、そして仕事関係の皆さんに感謝します。そして美しく素晴らしいわが息子よ、ありがとう。あなたは私の魂の写し絵そのもの!

そばに君がいない時
君がいた場所の広さを
測ってみる
その場所は広く
果てしない
不在の君の砂漠

11

序文：トゥパック、天国で会おう　　ニッキ・ジョヴァンニ

　このトゥパック・シャクール詩集の出版は嬉しい。天才を見分けられる人なら、シャクールが世に出た頃から、その特別な才能に気づいていたはずだ。「ジュース」、「ビート・オブ・ダンク（Above The Rim）」など、スクリーンでの活躍もあった。彼のラップはタイトで力強く、我々みんなが「凄いやつが出てきたな」と言っていたものだ。

　新しいアイデア、特に真実を曝け出すようなアイデアというものは、常に不平不満を呼ぶ。その真実と大胆さを封じ込めようとする、間違った連中が出てくるのだ。

　シュガーヒル・ギャングが「ラップ革命」を始めた時の印象は、「楽しい」だった。バカげた映画に登場する老女たちも彼らのラップの真似はできたし、映画「コクーン」では活力を取り戻した老人たちがブレイクダンスするのだ。ラップとは、小道具としてキュートに使えるものだった。

　そこに現れたのがトゥパックだ。彼のアートの中に老人たちは存在しない。"Holler If Ya Hear Me"に合わせてストリートでヒップホップを気取るヒューム・クローニン（映画「コクーン」に出演した俳優）と仲間たちなどいない。"Something 2 Die 4"をかけながらガーデンパーティーを楽しむおばあちゃんもいない。

C U in Heaven

　そこで、区別するために新たな言葉が生まれた。「ギャングスタ・ラップ」である。何と区別するため？　礼儀正しく、人当たりよく、妥協したラップか？

　彼らは、真実を語る美しい少年を孤立させようとしたのだ。私たちを嘘と言い訳の世界に溺れさせるために。

「冒涜的な言葉は使うべきでない」とか「彼らはいつも放送禁止用語を使ってばかりいる。悪い言葉なしでも言いたいことは伝わるのに」等と馬鹿なことを言う連中がいる。しかし悪い言葉というのは、社会の不公平を助長し、弱者を虐げる種類の言葉だと思う。

　子供に教えよう、ちゃんと税金を支払える「正しい市民」は金持ちだけだと。人間は自分の心に忠実に生きられるはずだが、実際には、他者に勝手な判断をくだし非難するのみの虚しい人生を送る者は多い。

　トゥパックは言った、「俺を裁けるのは神のみ」と。よく言ったと思う。やがてトゥパックは、誰が何を言おうと、自分の霊感に忠実であることが全世界に対する義務であると考えるようになった。

　私はトゥパック・シャクールが好きだ。プリンスがプリンスと名乗っていた頃を好きなのと同じ意味で。少し尖って、常識外れで、大胆な曲を書く

プリンス。あの美しい男、ルードボーイと名乗っていたプリンスを情けない
シンボルに変えてしまったものは、五重の地獄で腐り果てるがいい。

　トゥパックはいつもフレッシュで力強く、そして自分と仲間に忠実だった。
だが、この詩集を読めば、彼が繊細な人でもあったことがわかる。愛する
人への詩、母親に捧ぐ詩、天国にいる子供に宛てた詩などを見ると、魂を
打たれる思いがする。これもトゥパックなのだ。マルコムXが単なる「人種
平等運動家」に仕立てられ、真実がねじ曲げられたのと同様に、人々は
トゥパック・シャクールの繊細さや愛情から目をそむけようとした。なぜなら、
彼が人を愛し、涙を流すのであれば、つまり彼がモンスターでないとすれば、
私たちがしてきたことは犯罪でしかないから。何と恐ろしく醜いことか。

　近い将来、メンフィスで行われたような集まりがアトランタでも開かれる
と思う。メンフィスとグレイスランドのことは誰もが覚えていよう。郵政公社
総裁がエルヴィスの遺族を招待し、切手用のエルヴィス似顔絵を初公開し
た。若い頃のスリムで格好いいエルヴィスと、太ってドラッグ漬けになった
エルヴィス。それぞれ、フリーダイヤルの電話番号まで用意された。一般人
が電話で投票し、選ばれたものが切手になった。

序文：トゥパック、天国で会おう

　しかし、マルコムXが切手になった時には、未亡人ベティ・シャバズの家では何も催されなかった。マルコムとベティの娘が招待されることもなかった。事前に案が公開されることもなく、「微笑むマルコム」と「しかめっ面をしたマルコム」に一般人が投票する機会もなかった。「マルコムだけ」か「マルコムとベティ」かの選択もなかった。いつものことだが、白人が「黒人はこれが好きだろ」と決めつけ、私たちのヒーローのイメージを勝手に決めたのだ。

　いつか、トゥパックの切手が世に出るときは、私たち一般人が選ぶべきだ。私が望むのは、思慮深いトゥパックの顔に「C U in Heaven（天国で会おう）」という言葉を添えたものだ。

　彼の業績は真剣に捉えられるべきだ。それから彼の死を悼みたい。

2パック詩集のための序説 レイラ・スタインバーグ

　トゥパックはアートを通じて新たな革命を起こせると考えた。感情、理性、身体、精神、そして魂を融合させた革命を。彼は自分のアートで、誠実さ、高潔さ、リスペクトを伝えようとしていたのだ。

　あれは1989年の春、カリフォルニア州マリンシティでのこと。私は、長い睫毛で、カリスマを放ち、人を引き込むような笑い声をあげる若い男と出会った。

　その時、私はベイサイド・エレメンタリー・スクールの芝生の上で、ウィニー・マンデラの著書『わが魂はネルソンとともに』を読んでいた。すると、大きく美しく輝く瞳の少年がやってきて、本のなかの言葉を大声で暗唱したのだ。この本を暗記しているとは！　彼がトゥパックと名乗った時点で、私の友人が注目している少年ラッパーだとわかった。私は音楽業界で働くライターでありプロデューサー、彼はラッパー志望でマネージャーを探していた。私はその直後に、自分が受け持つ「Young Imaginations」という多文化教育の授業があり、長くは話せなかった。だが、感銘を受けたので、その授業に彼を招いてみた。

　授業の後で、トゥパックは語った。教育課程にアートを取り入れ、若者が人生で直面している問題を扱うべきだと。アートと教育を組み合わせることで、社会の苦痛と混乱を癒すことができると彼は考えていた。

　その後、私は自分の家で毎週開催していた詩や文章のワークショップにも、彼を誘ってみた。参加初日にして彼は場を仕切るようになり、扱うテーマも勝手に決めてしまった。そこで生まれたトゥパックの初期作品の一つが、「The Rose That Grew from Concrete（ゲットーに咲くバラ）」という一篇。数行読めば、彼のことがよく理解できる詩だ。トゥパックはさまざ

まな障害に負けず育つバラだった。彼の人生を見れば、どんな状況でも若者は立ち上がり、輝き、成長し、開花し、「アメリカで最も慕われる男」になれる、とわかる。そして彼には、いとも簡単にそれを成し得たかのように見せる優美さがあった。こうして彼は、たった25年の人生で、ほとんどの人がその3倍の時間をかけても達成できないことを成し遂げることになる。

　この詩のワークショップは長いあいだ続いた。参加者は全員が貧乏で、苦しい生活をしていたが、本物の貧困というものを味わったことがあるのはトゥパックひとりだった。そして彼だけが、肉もないのにイモだけで最高のタコスを作り出すことができ、インスタントラーメンからグルメ料理を作り出すことができた。彼は天才であり、ワークショップのメンバーたちの希望となった。こうして、出会ってから4週間で、私は彼のマネージャーとなっていた。

　トゥパックがこの世を去ってからすでに数年が経つ。しかし、私が彼を想わない日は一日とてない。彼が詩のワークショップで書いた詩の多くを、私はずっと保管していた。こうして本書に収められた詩には、誰も知らなかったトゥパック・アマル・シャクールがいる。憂いを帯び、内省的で、愛情に溢れ、そして世界情勢を案じるトゥパックが。アーティストの内面を知る手段として、その人の芸術表現を吟味する以上のものはない。トゥパックに魅せられた人たちは、これらの詩を通じて、彼の繊細さ、洞察力、革命論、恐れ、情熱、ユーモアを感じて欲しい。ラッパーとしての地位と名声は明らかだが、文学作家／詩人としての彼はまだ認められていないから。

　トゥパックが心を込めて書いたこの詩が、彼の文学の才能が認められるための第一歩となりますように。そして、若き黒人青年の苦しみをわかって

欲しいのだ。ここにある詩には、音楽業界の約束ごとも、金銭絡みの圧力もない。銃で撃たれ、裏切られ、無実の罪で収監されたことによる怒りもない。ここにいるのは、名声を手に入れる前のトゥパックである。

　この7年間、私はトゥパックが書いたものを最強の教材として使ってきた。学校や青年向け施設、刑務所などで教える中で。最高なのは、1997年、Arvand Elihuに「History 98: The Poetry and History of Tupac Shakur」というクラスに招かれてから始まった一連の出来事だ。このクラスは、Arvand Elihuがカリフォルニア大学バークレー校で企画したもの。人種や環境を問わず多数の学生が参加し、片親家庭や貧困などについてのディスカッションもあった。これ以降、全国から「トゥパックのカリキュラムを始めたい」「Arvand Elihuが使っていた教材がほしい」とのリクエストが殺到するようになったのだ。こうして遂に、トゥパックは教育の場で認められたのである。

　1998年の夏。私はトゥパックの母、アフェニ・シャクールを助け、「Life Goes On」という青少年会議を企画した。ジョージア州スパルタで1週間以上行われたこの催しではトゥパックの詞を使ったワークショップがあった。トゥパックの言葉で癒されたいと全国から集まった参加者たちは、心を大きく揺さぶられたようだ。そして翌8月、私は南アフリカのヨハネスブルグで行われた国際女性会議に呼ばれ、「教育におけるアート」に関するワークショップをエニッド・ピケットと共に行なうことになる。このカリキュラムでも私はトゥパックの言葉を使った。その後、同様の催しでオランダとコスタリカにも招かれている。

2パック詩集のための序説

　そして今、ようやくトゥパックの詩が一般の手に届く形で出版される。トゥパックを正当に評価しなかった人々、メディアのネガティブな報道だけで彼を判断していた人たちの目に触れることを願う。トゥパックの詩には、世界が必要としているのに、教科書ではめったに言及されないことが書かれている。「And 2morrow（そして明日）」や「Still I Wait for Dawn」といった詩は、より良い未来を信じて今を生き延びることの必要について語ったものだ。さらに、餓える者がいる限り、人類全体が苦しみから解放されないということも教えてくれる。同様に、一人の人間が死ぬと、人類全体が血を流すような苦しみを味わう。不幸にも、そのことを教えてくれたのはトゥパックの死だった。

THe Rose that grew From Concrete

ゲットーに咲くバラ

THe Rose That grew From Concrete

AutoBiographical

Did u Hear about THe rose that grew from a cracK
in the concrete
Proving Nature's Laws wrong it learned 2 walk
without Having Feet
Funny it seems But By Keeping Its Dreams
it learned 2 BreatHe fresh air
Long Live THe rose That grew from concrete
when No oNe else even cared!

ゲットーに咲くバラ

自叙伝として

コンクリートの裂け目から生えたバラを知ってる？
自然の法則に逆らい 足もないのに歩むことを学んだ
夢を捨てずに生きたそいつは
新鮮な空気を吸うようになる
奇妙な話だが そんなゲットーのバラに栄光あれ！
誰も気にかけてくれないとしても

In The Depths Of Solitude

Dedicated 2 me

exist in the depths of solitude
pondering my true goal
Trying 2 find peace of mind
and still preserve my soul
Constantly yearning 2 be accepted
and from all receive respect
Never compromising but sometimes risky
and that is my only regret
A young ♥ with an old soul
How can there be ☮
How can 👁 be in the depths of solitude
when there R 2 inside of me
This Duo within me causes
the perfect opportunity
2 learn and live twice as fast
~~as those~~ who accept simplicity

孤独の深淵で
自分自身に捧ぐ

俺は孤独の深淵に生きている

真のゴールについて考えながら

心の安らぎを探しつつ

でも魂を売り渡さずに

いつも皆に受け入れてもらいたくて

みんなにリスペクトして欲しくて

妥協はしない 時として危険だが

悔やむことがあるとしたら それだけ

若い心(ハート)に年老いた魂(ソウル)では

安らぎなど見つかりそうにない

だが、俺が孤独の深淵に生きることなどありえようか?

俺の中には二人の俺がいるというのに

この二人が同時に存在しているおかげで

俺は二倍の速さで学び、生きている

単純さを受け入れた人々に比べて

Sometimes  I Cry

Sometimes when I'm alone
I cry because I'm on my own
The tears I cry R bitter and warm
They flow with life but take no form
I cry because my heart is torn
and I find it difficult 2 carry on
if I had an ear 2 confide in
I would cry among my treasured friends
But who do u know that stops that long
To help another carry on
The world moves fast and it would rather pass u by
than 2 stop and c what makes u cry
It's painful and sad and sometimes I cry
~~and~~ no one ~~~~ cares about why.

俺👁は泣く

一人の時に泣くこともある

孤独だから

苦く しかし温かい涙

命の鼓動と共に流れ 消え去る

泣くのは 引き裂かれる心ゆえ

生きていくのがつらく思えて

信じられる人がいれば その愛しい友に囲まれ泣けるだろう

だが そこまでして他人を助けるやつがどこにいる?

世界は回る 俺が泣く理由など気に留めもせず

苦痛と悲しみ 涙にくれる俺

だが その理由など誰も気にかけない

Under The Skies Above

After the miscarriage

my child is out there somewhere
under the skies above
waiting anxiously 4 u and me
2 bless it with our love
a part of me a part of u
and a part of this love we share
will protect my unborn child
Who lives dormant out there somewhere
Sometimes in my dreams
I imagine what it would be like
How could I properly guide him
when even I don't know what's right
whether he is born in wealth or poverty
there will be no deficiency in love
I welcome this gift of life
given from GOD under the skies above

この空の下のどこかに
流産のあとで

俺の子は この空の下のどこかにいる
俺たち二人の 愛の祝福を待ちわびながら
君 俺 そして二人が育んだ愛が
眠れるあの子を守るだろう
俺が夢想するのは もし彼が生まれていたら
俺はどう導けるだろうか
自分が未熟なのに
だが 生まれの貧富はどうあれ
愛情に飢えることはないはず
神の贈り物として受けとめよう
この空の下 どこかにいるあの子を

LIFE THROUGH MY EYES

Life through my Bloodshot eyes
would scare a square 2 death
poverty, murder, violence
and never a moment 2 rest
fun and games R few
But treasured like gold 2 me
cuz I realize that I must return
2 my spot in poverty
But mock my words when I say
my heart will not exist
unless my destiny comes through
and puts and end 2 all of this

俺の目に映る人生

俺がこの血走った目で見てきた人生
真面目なやつは死ぬほど怯えるだろう
貧困 殺人 暴力 心休まる時などなく
楽しい時間はほとんどないが
純金のように貴重だ
やがて 貧困という我が家に戻るべき定めだから
こんな俺の言葉 あざ笑うがいい
俺の心は死んでいるも同然
いつか運命が変わり
こういった暮らしが終わるまで

WHEN Ure Heart TURNS Cold
2 KRISTEN & my other Friends
WHO WONDER

WHEN your HEART TURNS cold
iT causes your Soul 2 Freeze

IT spreads Throughout your spirit
like a ruthless feeling disease
the walls that once were Down
now stand firm and tall
Safe From Hate /Love, pain /Joy
until u feel Nothing at all
When ure heart TurNs cold
a Baby's cry means Nothing
A DeaD corpse is trivial
Mothers neglecteds children is Daily
Lonliness Becomes your routine friend
DeaTH seems like Tranquility
Sleeping is Never pleasant
if u even Sleep at all
U forget ideals and Turn off the reason,
2 make Sure the product gets sold
You DoN't understand How I Behave
Just wait 'til your heart Turns Cold!

心が冷めきった時
案じているクリステンと友人たちに

心が冷えきると

魂は凍えてゆく

無慈悲な病のように広がりスピリットを蝕む

低かった壁が　今や高く堅くそびえ立つ

愛憎も喜怒哀楽もなく　感情が消え失せ

心が冷えきると

赤ん坊の泣き声は無意味

人の亡骸さえ些細なこと

子を顧みない母たちも日常の風景

孤独というものが友となり

死は静けさに思える

眠れたとしても　それは喜びではない

商売のために理想など忘れ　理性も捨て去った者

俺の行動は理解できないだろう

心が冷めきったことがなければ

UNTITLED

Please wake me when I'm free
I cannot bear captivity
where my culture I'm told holds no significance
I'll wither and die in ignorance
But my inner eye can c a race
who reigned as kings in another place
The green of trees were rich and full
and every man spoke of Beautiful –
men and women together as equals
War was gone because all was peaceful
But now like a nightmare I wake z c
that I live like a prisoner of Poverty
Please wake me when I'm free
I cannot bear captivity
4 I would rather be stricken blind
~~If I co~~ Than 2 live without expression of mind

無題1

自由が訪れたら、俺を起こして欲しい
囚われの身でいることには耐えられないから
俺の文化が蔑ろにされる場所では
俺は枯れ果て、無知の中で死んでいくだろう
だが、俺の心の目には映る
異郷で王として君臨してきた人々が
緑に生い茂る木々は豊かで
美しい男と女が共に、対等に生き
戦争はなく、すべては平和
でも今、目をさますと悪夢が待っている
俺が貧困の囚われ人として生きる世界
だから、自由が訪れた時に起こして欲しい
囚われの身でいることには耐えられないから
心の表現を奪われて生きるよりは
傷ついて盲目になるほうを選ぼう

THE ETERNAL LAMENT

From my mind 2 the Depths of my Soul
I yearn 2 achieve all of my goals
And all of my free time will Be spent
On the 1's I miss I will Lament

I am not a Perfectionist
But still I seek Perfection
I am not a great Romantic
But yet I yearn 4 affection

Eternally my mind will Produce
Ways 2 put my talents 2 use
And when I'm done no matter where I've been
I'll yearn 2 Do It all again.

永遠の嘆き

俺の理性も 魂の深淵も 渇望する
目標すべてに到達することを
そして時間があれば
大切な人たちを想い嘆く

完璧主義者ではないが 完璧を求め
ロマンティストでなくとも 愛を望む

俺の心は永遠に努める
自分の才能を無駄にすまいと
そして ことを成し遂げたら
俺はまた探求を望むだろう

Only 4 the Righteous

I'm Down with strictly Dope "So"
That means I'm More than u handle
"Hot" I'm hotter than the wax from
a candle
"Him" That's Roc he's my microphone Companion
"Lyrics" Full of Knowledge Truth and understanding
"Hobbies" Rapping is my only recreation
"retire" u must Be on some kind of Medication
"why" because I'll never loosen up my mic grip
"Drugs" never cuz I'm living on the right tip
"sex" only with my girl because I love her
"Babies" impossible I always use a Rubber
"Bored" rarely cuz I'm keeping myself Busy
"Scratch" nah I leave the cutting up 2 Dize
"Dize?" yeh that's my D.J. he's the greatest
"WORD" noh he's paying me 2 say this
"the Mind" is something that I cultivate
and Treasure
"Thanks" your welcome and besides it was
my Pleasure

正義に生きる人だけに捧ぐ

俺はストリクトリー・ドープとつるんでる「それで?」
つまり、お前の手には負えないってことだ

「熱い」　　　　そう、俺はキャンドルからこぼれた蝋よりもホット

「あいつ」　　　あれはRoc、俺のマイクの友

「リリック」　　知識、真実、そして理解に溢れたもの

「趣味」　　　　ラップが俺にとって唯一の楽しみ

「引退しろ」　　なんかクスリやってるだろ

「なぜ?」　　　俺がマイクを手放すわけないからだ

「ドラッグ」　　正しい道を歩む俺がやるわけない

「セックス」　　ガールフレンドとだけ。彼女を愛しているから

「ベイビー」　　無理だ、だからいつもゴムをつけてる

「退屈」　　　　まずないね、いつも忙しい

「スクラッチ」　いいや、カットアップはDizeに任せてる

「Dize?」　　　ああ、俺のDJだ。最高だぞ

「そうか」　　　いや、ヤツが金をくれて"そう言え"って

「マインド」　　いつも磨いて大切にしているもの
知性

「ありがとう」　どういたしまして。そして、こちらこそありがとう

WHAT OF FAME ?

everyone knows ure FACE
THe world Screams ure NAME
Never again R u ALONe

名声が何か?

皆が君の顔を知り
世界中が君の名を叫ぶ
君が孤独を知ることは二度とないだろう

(THE SHINING STAR Within)
DEDICATED 2 Marilyn Monroe

Secrets R hidden within the clouds
of Darkness,
And in this place NO ONE Dares 2 Breathe
IN Fear of self expression
It has been This way
forever AND A Day
until she came 2 shine
with a spark of innocence and questions
ONLY 2 be answered with Darkness
NOT Just Darkness but the silent kind
that steals your soul and kills your mind
There was no compassion
for this thriving star
only exploitations
and confused Jealousy
u saw no hope and brought the end
NeveR aknowledging the star within

輝く星はあなたの中に

マリリン・モンローに捧ぐ

暗雲という雲に隠された秘密
自己を表現することを恐れ
そこでは誰も息すらしない
永遠よりも長く
そんな状態が続いてきた
彼女が現れて　無邪気に輝き始めるまで
だが彼女に応えたのは暗闇
その暗闇は沈黙のうちに
魂を盗み　心を殺した
この輝ける星に向けられたのは
思いやりではなく搾取と妬みだけ
希望が見えず　あなたは全てを終える
自分の中で輝く星に気づきもせず

STARRY NIGHT

Dedicated in memory of
Vincent Van Gogh

a creative heart, obsessed with satisfying
this dormant and uncaring society
u have given them the stars at night
and u have given them Bountiful Bouquets of Sunflowers
But 4 u there is only contempt
and though u pour yourself into that frame
and present it so proudly
this world could not accept your Masterpieces
from the heart

So on that starry night
u gave 2 us and
u took away from us
The one thing we never acknowledged
your life

星が輝く夜

ヴィンセント・ヴァン・ゴッホの思い出に捧ぐ

眠ったように無関心な社会を
充たすことに憑かれた
創造力に溢れたあなた
夜空に輝く星を捧げた
美しいひまわりも
でも その報酬は侮辱だけ
あなたが絵に精魂を込め
誇り高く差し出しても
この世界は受け入れなかった

だから 星が輝く夜に
あなたは与え／奪った
世界が認められなかったもの
つまり あなたの人生を

IF I FAIL

If in my quest 2 achieve my goals
I stumble or crumble and lose my soul
Those that knew me would easily co-sign
There was never a life as hard as mine
No father – No money – No chance and No guide
I only follow my voice inside
if it guides me wrong and I do not win
I'll learn from mistakes and try 2 achieve again

もし俺が挫けても

ゴールを目指す旅の最中に、
つまずいて砕け散り 魂を失うことになっても
俺を知る者たちは証言してくれるだろう
俺の人生ほど厳しいものはないことを
父はなく 金はなく 機会もなく 導き手もなく
自分の内なる声だけを頼りに歩んできた
その声が道を誤り 俺が敗れたとしても
過ちから学び 再び歩み出すのみ

WHAT IS IT THAT ☉ SEARCH 4

I KNOW NOT WHAT I SEARCH 4
BUT I KNOW I have yet 2 FIND it,
Because it is invisible 2 THE ☉
MY HEART must search 4 iT BLINDED.

AND iF BY CHANCE I FIND iT,
WILL I KNOW my mission is Achieved?
CAN one come 2 conclusions,
Before the Question is conceived?

JUST AS NO one KNOWS
what lies beyond THE shore,
I will NeVeR FIND THe Answer 2
what it is that I Search 4.

俺は何を探し求めているか

自分が何を探し求めているかは知らない
だが まだ見つけていないことだけはわかる
目に見えるものではないから
盲目の心で探し当てなければ

だが 偶然それに出会ったとしたら
定めを果たしたことに気づくだろうか?
問い生まれる前に
答えに達することは可能だろうか?

向こう岸に何があるのかわからないのと同じように
俺は答えを知らない
「探し求めているものは?」と問われても

The Fear in the Heart of a Man
Dedicated 2 my heart

against an attacker I will Boldly Take My stand
Because my heart will show Fear 4 no man
But 4 a Broken heart I run with fright
scared 2 Be Blind in a Vulnerable night
I Believe This Fear is in every man
some will aknowledge it others will fail 2 understand
There is no fear in a shallow heart
Because shallow hearts Don't fall apart
But feeling hearts that truly care
are fragile 2 the flow of air
and if I am 2 Be true then I must give
my fragile heart
I may receive great Joy or u may return it
ripped apart

恐れ
自分の心に捧ぐ

敵が来たら俺は立ち上がる
そんな時 俺は恐怖など感じないから
だが傷ついた心には怖気づき逃げ出す
心細い夜に 盲目になるのが怖くて
人は誰しもこんな恐れを抱えている
認める者も認めない者もいるが
虚ろな心には恐れなどない
虚ろな心は壊れることすらないから
だが感情と思いやりとを持つ心は
風の流れにも傷つく
俺も真摯であろうとすれば
この脆い心を曝け出さねば
その代償は喜びかもしれず
心が引き裂かれて終わるかもしれない

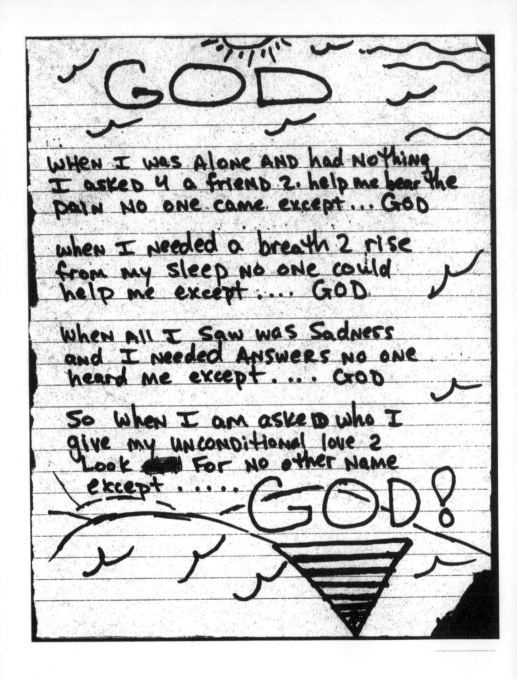

神

孤独で無一文の頃
俺は友を求めた
苦しみに耐える助けとして
来てくれたのは ただ一人……神

眠りから覚め
起き上がるための息吹が必要な時
助けてくれたのは ただ一人……神

目に映るもの全てが悲しく
答えを求めていた時
耳を傾けてくれたのは ただ一人……神

だから「無条件の愛を捧げる相手は?」と問われたら
答えは一つしかない
神!

NOTHING CAN
COME BETWEEN US

俺たちを引き裂くことはできない

NOTHING CAN COME BETWEEN US
4 JOHN

let's not talk of money
let us forget the world
4 a moment let's just revel
in our eternal comradery
in my Heart I know
there will never be a day
That I Don't remember
the times we shared
u were a friend
when I was at my lowest
and being a friend 2 me
was not easy nor feshionable
Regardless of how popular
I become u remain
my unconditional friend
unconditional in its truest sense
Did u think I would forget
Did u 4 one moment dream
that I would ignore u
if so Remember this from here 2 forever
Nothing Can Come between us

俺たちを引き裂くことはできない

ジョンへ

カネの話はやめよう
世界すらも忘れてしまおう
永遠の同志愛のもとに
このひととき ただ騒ごうよ
心の奥底からわかっているのは
君と過ごした時間を忘れないということ
どん底の時も 君は友でいてくれた
俺の友人であることは楽ではなく
自慢できるわけでもないのに
どれだけ俺が人気者になっても
君は無条件の友でいてくれよう
真の意味で無条件の友
俺が君を忘れると思ったことがある?
俺が君を無視するなんて
一瞬でも考えたことはある?

もしそうなら永遠に覚えておいてくれ
なにものも俺たちを引き裂けないと

My Dearest One‼

There R no words 2 express
How much 👁, truly care
So Many Times 👁, fantasize of
feelings we can share
My ♥ has never known
The joy u Bring 2 me
Is if GOD knew what 👁 wanted
And made u a Reality
I'd Die 2 Hold u or 2 Kiss u
or merely 2 c your Face
My stomach quivers my BODY shivers
and my ♥ increases pace
¿ give me $ or Lots of Gold
would not Be the same 2 me
👁, prayed and watched the distant stars
And Finally u came 2 me!

Faithfully Yours,
Tupac A

親愛なる人へ！

俺がどれほど君を想っているか
言葉ではとても表現できない
幾度も幾度も俺が夢想するのは
二人が分かち合う想い
君がもたらす喜びは
俺が体験したこともないほど
まるで神が俺の望みを知って
君を創造してくれたかのよう
抱きしめたくてキスしたくて
いや 顔が見たい　ただそれだけで死にそうだ
体は震え心臓は高鳴る
カネや金塊を差し出されても こうはならない
遠く輝く星に祈りを捧げていた俺
そしてついに願いが叶い 君が現れた！

If THERE BE PAIN...

If There Be Pain,
    All u Need 2 Do
is call on me 2 Be with u
And Before u hang up the Phone
u will no longer be alone
Together we can never fall
Because our love will conquer all

If There Be Pain,
    Reach out 4 a helping hand
and I shall hold u wherever I am
Every Breath I Breathe will be into u
4 without u here my Joy is through
my life was lived Through falling rain
So call on me if there be pain

*Faithfully
Yours,
Tupac A*

苦しい時は

苦しい時は俺を呼べ
「一緒にいて」と言ってくれ
その途端に 受話器を置く前に
君はもはや独りきりではなくなるから
二人ならきっとうまくいく
俺たちの愛は何ものにも打ち勝つ

苦しい時は助けを求めろ
俺はどこにいようと君を抱きしめる
俺が吸い込む息を すべて君と共にしよう
君なしでは俺の喜びは消え失せるから
俺はずっと どしゃ降りの中を生きてきた
だから苦しい時は呼んでくれ

THINGS THAT MAKE HeaRTS BReak

pretty smiles
Deceiving laughs
and people who Dream with thier eyes open
Lonely children
unanswered cries
and souls who have given up hoping
The other thing that breaks Hearts
R fairy tales that never come true
and selfish people who lie 2 me
selfish people Just like u

心を傷つけるもの

愛らしい微笑み
人を欺く笑い
そして目を開けたまま夢みる人々
孤独な子供たち
顧みられない叫び
そして望みを捨ててしまった魂
それに 決して実現しない夢物語も 人の心を砕く
あとは 俺に嘘をつく利己的な人たちも
ほら 君のように身勝手な連中

BLACK WOMAN
4 MARQUITA

The day I met u I saw strength
and I knew from that point on
that u were pure woman 2 me
possessing a spirit that was strong

I want smiles 2 replace the sorrow
That u have encountered in the past
and since it was strength that attracted me 2 u
it will take strength 2 make it last

my negative side will attempt 2 change u
But please fight that with your all
it will be your strength that keep us both standing
while others around us fall

ブラック・ウーマン

マーキータへ

出会ったその日 感じたのは強さ
その瞬間からわかっていた
強い魂を持った
穢れなき女性であることは

微笑みで追い払おう
君が経験した悲しみを
俺を惹きつけたのは君の強さ
その強さがなければ続かない

負の面の俺は君を変えようとする
全力でそれと戦ってくれ
俺たちが生き残るとしたら君の強さゆえ
周りの人々が倒れていく時も

AND STILL I LOVE U

I don't have everything
as a matter of fact I don't have anything
except a Dream of a Better Day
and you 2 help me find my way
Being a Man I am Sure 2 make mistakes
But 2 keep u I would do all it takes
and if it meant my love was really True
I'd gladly die and watch over u
I wish u knew How much I cared
u'd see my love is True By the life we'd share
Even if u changed your mind and said our love was Thru
I'd want 2 die continuously cry and still I'd love u

それでも君を愛す

すべてを手に入れたわけじゃない
実を言うと俺は何も持ってない
俺にあるのは未来を思い描く夢だけ
そして人生という探求を手伝ってくれる君だけ
人である以上 俺は過ちをおかす
でも君のために 全力を尽くそう
真実の愛の証明になるならば
俺は喜んで死に 天から君を見守ろう
この想いが伝わればいいのに
共に過ごした日々から 俺の愛が真実とわかるはず
心変わりした君が 終わりを告げるとしたら
俺は嘆き続けて死に でも君を愛し続ける

THE MUTUAL HEARTACHE?

Introduced with innocence
who would have ever guessed
that u were the one I had
been so desperately searching 4
u talk as I do but yet u dont
understand when I mumble
u c as I do but your vision is
blurred by naivity
This is the barrier that separates us
I cannot cross yet
There is 2 much of me that
would frighten u so I live in
heartache because we cannot
fully explore this love and
what of your heartache
Does it feel as sharp as mine
no matter where I go or how long it takes
I will never recover from this Mutual ♡ache

二人の悲しみ？

出会った時は何も知らなかった
君こそが 俺が必死で探し求めていた人
そんなこと 誰が想像できたろう
でも 君と俺は同じように話すのに
口ごもる俺の心を 君は読めない
君は俺と同じように世界を見ているのに
世間知らずか その視界はぼやけている
二人を隔てるこの障壁 俺はまだ乗り越えられず
君を怯えさせるよりは このまま心痛の中に居続けよう
この愛を追求するわけにはいかないようだ
君の心痛はどうだろう
俺と同じ鋭い痛みがあるのか
いつになろうと どこに行こうと
共にした この痛み 俺は忘れない

1st Impressions
4   Irene

Just when I thought I'd seen it all
our paths crossed and met
and I knew from the first glance
that u would be hard 2 4get
your eyes attracted me first
But you reeked of sultry confidence
I couldn't wait 2 touch lips
and kiss with my heart's intentions
when we did it was what I expected
and 4 that moment we erased the tension
of the awkwardness of First Date Jitters
and the Initial Blind Date First impressions
we kissed again and I felt the passion
and This was CUPID'S Blessing

第一印象

アイリーンに

俺がすべてを知り尽くしたと思った瞬間

運命が交わり 二人は出会った

一目見た瞬間からわかった

君を忘れることなどできないと

最初に惹きつけられたのはその目

だが君が漂わせるのは自信に満ちた官能

君の唇に触れたくて

心を込めてキスしたくて

そのキスは期待通り

初デートの緊張やぎこちなさも

見知らぬ二人の第一印象も

その瞬間に吹き飛んだ

唇をもう一度重ね 燃え上がる情熱

これこそキューピッドの祝福

A Love Unspoken

WHAT OF A LOVE UNSPOKEN? is it weaker without a name?
Does this Love deserve 2 exist without a title
Because I Dare NOT share its name
Does that make me cruel and cold
2 Deny the world of my salvation
Because I chose 2 let it grow
People TEND 2 choke
That which they Do NOT understand
Why shouldn't I be weary
and withhold this love from MAN
What of a love unspoken
No one ever KNOWS
But this is a love that lasts
and in secrecy it grows

B

語られざる愛

語られない愛とは?
名前がない愛は弱い愛なのか?
呼ぶべき名を持たぬ愛 存在する価値は?
その名を語らない俺は冷たいだろうか?
差し伸べられた救いの手も拒んだ俺
人に知らせず育てる愛と決めたから
理解できないものを阻むのが人の常
それに疲れ この愛を知らせないのがいけないか?
語られない愛は 誰も知らない愛
だが これこそが続く愛
秘密のうちに育つから

FOREVER AND TODAY

u Say that u'll love me Forever But what about TODAY
As the Dusks Become Dawns and the years pass on will u love me the Same
If so let us rejoice and Bathe in constant Pleasure
if not spare my heart today and I shall recover Before forever
And if my Doubts and ?'s upset u, forgive my fragile heart
I Just wanted 2 Know if u'd love me forever
Before Today would START!

永遠と今日

俺のことを永遠に愛してくれると君は言う
じゃあ今日はどうだろう?
黄昏が夜明けとなるように 月日が経過しても
同じように俺を愛してくれるだろうか
もしそうなら祝おう 永遠の喜びに身を浸して
だが 違うなら今日 俺の心を手放してくれ
そうすれば立ち直れる 永遠が始まる前に
こんな疑問で気を悪くしたら
俺の脆い心を許してほしい
本当に 俺を永遠に愛してくれるのか
ただ知りたいだけ
今日という日が始まる前に

WHEN I DO KISS U

I haven't yet for reasons of your own
But soon I'm sure you'll tire from being alone
U haven't recovered from the pain of the past
So u show me affection behind the wall of glass
But when I do finally kiss u
u will realize at last my heart was true

君に口づけする時

君の心の準備が整わないとキスはできない
過去の痛手から立ち直っていない君
でもじきに君も孤独に飽きるだろう
透き通った壁の向こうに 俺への想いが見える
ようやく口づけの瞬間が来たら
俺の真剣さがわかるはず

Carmencita of the Bronx!

DEDICATED 2 CARMEN

U SAW INNOCENCE AT ITS BEST
I WANTED U MORE THAN I WANTED ME
I REMEMBER MY LAST Thought at NIGHT WAS of u
and MY FIRST Thought IN the MORNING WAS of u
It has BEEN a long time SINCE I've actually
sat and adored u but every once IN awhile
your beautiful smile guides me through a day
I hear u R with another and u R expecting
I WISH M GOOD LUCK He is lucky 2 be able
2 wake up 2 u each MORNING
C u IN Heaven!

Tupac Amaru Shakur

ブロンクスのカルメンチータ！

カルメンに捧ぐ

最上級の無邪気さ
自分よりも君のことが大切だった
夜 寝る前に俺が思うのは君のこと
朝 起きてすぐに考えるのも君のこと
君の姿を間近で眺めてからずいぶん経つ
それでも君の麗しい笑顔が僕の日々を救うことも多々
今や君には決まった人がいて
新たな命を身ごもっているとか
君に幸がありますように
毎朝 目を覚ませば君がそばにいる そんな彼は幸運な男
では 天国で会おう！

EveRy woRD
CuTS 2 The HeART

conversations R enDeD
Be 4 They START

is This what u wANT ?

is This what I want?

is this what
MUST Be ?

this is NOT A gAme

This is A Love
one should be played
The other cherisheD

I feel 2 HeARTS Breaking ...

is This what u wANT
is This what I wan t ?
is This what MUST Be 0

無題2

一言一言が心に突き刺さる
何も話さないうちに
会話が尽きていく
これが君の求めたもの?
これは俺が望んだもの?
こうなるさだめなのか?

ゲームではなく恋
弄ばれるにせよ
いつくしまれるにせよ
二人とも心が壊れていく

これが君の求めたもの?
これは俺が望んだもの?
こうなるさだめなのか?

you ask me 2 communicate
WHAT iT is I feel WiTHiN
I SEARCH 4 WORDS 2 assist
BuT I fiND NONE 2 Help me Begin
I guess Love is just complicated
                    Love
                         is
                            Just
                                complicated.

I THoughT I Knew my Heart's Desire
I thought I quenched my BurNiNg Fire
I Thought I WaNTeD "A"
But "A" was 2 mixed up with "B"
Then "C" made me more confused
So "A" TurneD off me and "B" feels
better. "C" is upset and lonely
and me, I Think Love is complicated
                Love
                     is
                        Just
                            complicated.

                    2-Pac

愛とは複雑なもの

心の中で何を感じているか 言って欲しい
と君は言う
俺は言葉を探すが
何から始めたらいいのかわからない
たぶん愛は複雑すぎるんだと思う
　　愛は
　　　　複雑
　　　　　すぎる

自分の心が望むものくらい知っているし
燃え盛る心の炎は消えたと俺は思っていた
Aが欲しいと思ったが
AはBと混ざりすぎ
Cの出現で俺はさらに混乱する
Aに幻滅しBのほうがいいように思える
Cは気を落とし孤独をかこつ
きっと愛は複雑すぎるんだと思う
　　愛は
　　　　複雑
　　　　　すぎる

ELIZABETH

A different Love   From B.S.A.

I Remember when u were Lost
and your soul was in the wind
IT was at this awkward moment
That u and I Became friends
But Then your soul was found
and u discovered celibacy
But with this u forgot about me
and our Bond was a memory
And now I c u felt it
The Bond we made Before
I pray 2 God it stands
and severes never more

エリザベス

違った形の愛を。B.S.A.より

君が道に迷っていた頃
その魂も風にもまれていた
そんな厄介な瞬間
二人は友達になった
でも君は魂を取り戻し
一人で過ごすすべを見つける
そして俺のことは忘れ
二人の絆は過去の思い出に
でも 俺は知っている
かつては君も 二人の繋がりを
心から感じていたことを
神よ 二人の絆をお保ちください
引き裂かれることのないように

👁 KNOW my ♥ HAS LIED BEFORE

I know my heart has lied before
but now it speaks with honesty
of an invisible bond of friendship
that was formed in secrecy
Coming from me this may seem hard
but 2 GOD I swear its' truth
We R friends for eternity
and Forever I will always love u.

With All My Heart,
" & "
Spirit

P.S. JUST SO U DON'T FORGET THAT
I AM HERE FOR U. U R A TRUE
FRIEND

俺の心が嘘をついていた頃

俺は嘘をついたこともある
でも今は本当のことを話す
秘密のもとで育まれた
友情という見えない絆について
俺がこう言うと信じ難いかも
でも神に誓って真実だ
二人は未来永劫の友達
俺は永遠に君を愛す

心を込めて
"魂"も込めて

追伸
というわけで、俺がいることを忘れないで。君は真の友だ。

FROM FIRST GLANCE,
4 Michelle From Z Ap's
FeB 1, 1990

From First Glance I KNOW exactly what would Be
U aNd I Have perfect Hearts DestiNed oNe Day 2 Be
The circumstances DoN't eveN matter Because my Hearties never
And if u don't admit 2 this it is u who will Be Supri

ひとめ見た時から

（ザップスのミシェルへ：1990年2月1日）

出会った瞬間から どうなるかわかった
君と俺はいつか結ばれる運命だと
どんな状況だろうと 俺の心は嘘をつかないから
それを認めようとしないなら あとで驚くのは君のほう

1 FOR April

2 me your name Alone is poetry
I Barely KNOW u AND Already
I can't explain This feeling I Feel
           4 APRIL
I WANT 2 C u From THE moment
u Leave my siDe Til the moment u return
My NoNchalant cold heart Finally has eyes only
           4 April
So Now I risk iT all
Just 4 the feeling of Joy u Bring me
I accept The ridicule
in exchange for the words u share with me
All OF THiS & MuCH MoRe I WiLL Do
           4 APRIL

エイプリルの詩

俺には君の名前自体がポエトリー
君のことはほとんど知らないのに
説明できない想いを感じているよ
エイプリルに

一瞬たりとも逃さず見つめていたい
俺のそばを離れてから戻ってくるまで
無関心で冷たいはずの俺も目を離せないよ
エイプリルから

だから今 俺は全てをかける
君が運んでくれる喜びのためなら
嘲笑も甘んじて受けるよ
君が言葉を分かち合ってくれるなら
あれもそれも そしてこれ以外も全て
エイプリルのため

WIFE 4 LIFE
Dedicated 2 April

I Hope u heard me when I asked
u that Night 2 be my wife
Not for this year oR Next
But mine for all your life
2 Accept me when I SiN
and understand me when I fail
Not 2 Mention standing the rain
which comes down as hard as hall
I AM Not the Best of men
my faults could scare the Might
But my Heart is always pure 2 my wife 4 life

生涯の妻
ワイフ4ライフ

エイプリルに捧ぐ

俺の声は聞こえたろうか

あの晩 結婚してくれと頼んだ声は

今年だけでも来年まででもなく

一生 俺のものでいて欲しい

俺の罪を受け入れ

俺の失敗を理解して

雹のように激しい雨も

共に耐え忍んで欲しい

俺は最高の男でもなく

恐ろしいほどの過ちを犯す

でも生涯の妻に対しては

穢れない心を捧げたい

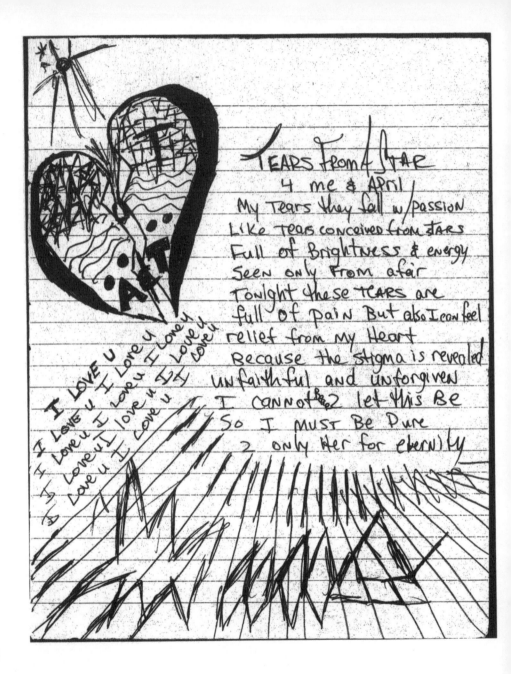

星から滴る涙

自分とエイプリルに

俺の涙は情熱ゆえに流れる
明るさと力に溢れた
星から生まれる涙のように
遠方からしか見えない
今夜の涙は苦痛に満ち
でも同時に安堵もある
秘密が明らかになったから
不実は許し難く
そのままにはできない
俺は清らかでいたい
彼女にだけは 永遠に

MARCH 1st = THE DAY AFTER April

Dedicated 2 the Divorce of Me & April

Today I woke & feel even lonelier
But I c positive potential
My Heart shook much like the Quake
then the pain was gone
the arc\c breeze formed the fotress
Barricading my fragile Heart from PAIN

It ~~Aroue~~ is Nor That I DON'T Love U
and it was because I DID love U
that I must move on
as Long as I Breathe
I will remember

"WE As 2"

3月1日：エイプリルが過ぎ去った翌日

俺と彼女の別離に捧ぐ

目を覚まし より深い孤独を覚える
だが いいことが起こる予感も
俺の心は地震のように揺れたが
その苦痛も今は失せた
冷たいそよ風が砦を作り
俺の脆い心を守ってくれた

愛していないのではなく
むしろ愛しているからこそ
歩み出さねばならなかった
でも生きている限り忘れない
二人が一つだった日々を

WHY MUST U BE UNFAITHFUL?
4 WOMEN

MEN!

U SHOUIDN'T LISTEN 2 your selfish ♥
IT DOESN'T really HAVE A BRAIN
Besides keeping U ALIVE
ITS existence is IN VAIN
How COULD I BE SO MEAN,
and say your heart has no place?
Because MORTAL MEN FALL IN LOVE AgAIN
AS FAST AS THEY change their face
I MAY BE CRUEL, BUT THINK awhile about
The hearts That u have Broken
MATCH That with the empty vows
and broken promises u've Spoken
I AM NOT saying females R perfect
Because MEN we know it's not True
But why MUST u Be unfaithful
If her heart is True 2 u !!!!

Shakur

なぜお前たちは裏切るのか
(女たちのための詩)

男たちよ！
自分勝手なハート[心]には従うな
そこには脳などない
生命維持に役立つ以外は
ハート[心臓]なんて無意味なもの
「ひどいこと言うな
俺のハートには意味がない？」
お前たちは また恋に落ちる
人間である以上 あっと言う間に
俺の言葉が残酷に聞こえるなら
お前が傷つけた人々を思え
口先だけの誓いの数と
守らなかった約束を数えてみろ
女たちが完璧とは言わない
俺たち男はそんなことわかってる
でもなぜ不実な真似をするのか
彼女がお前ひとすじなのに！

The power of a smile
4 Renee'

The power of a gun can kill
and the power of Fire can Burn
The power of wind can chill
and the power of the mind can learn
The power of anger can rage
inside until It tears u apart
But the Power of a Smile
especially yours can heal a frozen Heart ♡

笑顔の力

（リネイに）

銃には殺す力があり
炎には火傷させる力がある
風には凍えさせる力があり
知性には学ぶ力がある
怒りは猛威をふるい
人の心を内側から壊してしまう
でも 特に君の笑顔には
凍った心を癒やす力がある

Genesis (The Rebirth of my Heart)
Dedicated 2 Renee Ross

First There was nothing
Not even the faint echo of a song
Loneliness was daily 4 me
until u came along
There was a gleam of stars in your eyes
I thought I'd never feel this way again
But u were the one 2 reach into my Heart
And find in me a friend
I could not ignore the magnetism
That I felt when u were near
And any Problems Plaguing my mind
would suddenly disappear
was the rebirth of my Heart
The Day u Became my Friend
Because I knew From the moment
I Held u that I would find love again

創世記（俺のハートが生まれ変わったわけ）

リネイ・ロスに捧ぐ

はじめは何もなかった
かすかな歌声さえもなく
孤独が俺の日常だった
君が現れるまでは
その目には星々の輝きがある
こんな感情など諦めていたのに
俺の心に手を差し伸べて
友達になってくれた君
無視できない磁力を
君の近くにいると感じる
心を苛む問題の数々も
君のおかげで急に消えた
こうして 君と友達になった日に
俺のハートは生まれ変わった
また愛が見つかると
君を抱きしめた瞬間にわかったから

LOVE WITHIN A STORM
4 ELIZABETH

We made love within a storm
in the midst of passion and chaos
somewhere, somehow our true bond
of friendship was lost

In the eye of the storm
the rain always falls harder
those who prevail this trauma
will ~~live~~ learn 2 bring their love farther

But now the storm has passed
and the seas of our friendship R calm
But as long as I live I will rememember
the love within the storm

嵐の中の愛

エリザベスに

嵐の中で愛を交わした二人
情熱と混沌の真っ只中で
なぜか友情という真の絆は
いつしか失われてしまった

嵐の中心部で
降る雨はより激しい
そんなトラウマに打ち勝つ者は
愛をさらに育む術を学ぶ

嵐が過ぎ去ったいま
友情という海も穏やかだ
でも生きている限り
嵐の中の愛を忘れない

WHAT CAN I OFFER HER ?

ALL OF MY LIFE I DREAMED of MEETING ONE with immense Beauty, and oNce I found her I would charm her and she'D Be mine forever.

I Have found her and indeed she is all I wishED for and more but she is NoT charmED Nor intriqued. Then I Think 2 myself "what Can I offer her?" The tears warm my eyes and blur my VISION I stick 2 my stance of BravaDo and give her the same uNINterested look She gave me. She was so beautiful BuT what can I offer her

彼女に何を差し出せるだろう

ずっと夢見てきた
信じられないほど美しい人に出会うことを
そして出会うや否や
彼女を魅了し 永遠に俺のものとなると

そんな人に出会った
夢見ていたとおり いや それ以上の人に
なのに彼女は俺に魅力も興味も感じていない
俺はひとり考えた
「彼女に何を差し出したらいいのだろう」と
涙腺が緩み視界がぼやける中
俺は虚勢に徹して
興味なさげな顔で彼女を見た
ちょうど俺を見た時の彼女みたいに
本当に美しい人
俺は彼女に何を差し出せるだろう

JADA

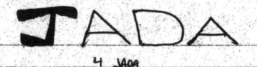

4 JADA

u R The omega of my Heart
The foundation 4 my conception of Love
when I think of what a Black woman should be
it's u that I first think of

u will never fully understand
How Deeply my Heart Feels 4 u
I worry that we'll grow apart
and I'll end up losing u

u Bring me 2 climax without sex
and u do it all with regal grace
u R my Heart in Human Form
a Friend I could never replace

ジェイダ

君は俺の心の終着点
愛というものの礎
黒人女性の理想像といえば
思い浮かぶのは君のこと

どれほど深く君を思っているか
君にはわかるまい
遠く離れてしまうと
君を失いそうで怖い

女王のような優雅さを見るだけで
俺は絶頂に達してしまう
君は人間の形をとった俺の心
唯一無二の大切な友

The Tears in Cupid's Eyes
4 JADA

the Day u chose 2 leave me
it rained constantly outside
In Truth I Swore the rain 2 be
The Tears in Cupid's eyes

キューピッドの涙

ジェイダに

君が俺のもとを去ると決めた日
外では雨が降り続いていた
俺は誓おう あの雨の正体は
キューピッドの目からこぼれた涙だと

CUPID'S SMILE II

I ran outside 2 feel the rain
and I stayed outside awhile
when the rain was done along came the sun
and this was Cupid's Smile!

キューピッドの笑顔 II

雨を感じたくて外に走り出た
それから俺はしばらく外にいた
雨が降り止むと太陽が見えた
キューピッドの笑顔のように！

WHAT 👁 SEE ?

WITH my eyes closed I can c
we Have a chance 2 Discover ecstacy
But The clouds of DouBT HAVE made u Blind
So u R afraid of the emotions that u may finD
I KNow THAT u've Been HurT Before
But THis is No excuse 4 u 2 ignore
THe seed THAT cupid planted, in Hopes THAT we would sow
THis infant emotion Deserves 2 BreaTHe So why won't u let it grow
A Neglected flower will wiTHer and on its own it will Surely Die
But with honesty, Passion, and Mutual respect we can Soar Beyond the Sky
So please don't follow what u c follow the rythym within your heart
Believe iN me Though u cannot c what lies within the Dark

俺👁には見える！

目を閉じると見える
俺たちには最高の喜びが待っていると
でも疑いという暗雲が君の視界を塞ぐ
そこで味わう想いを恐れてるんだね
過去に傷ついたのはわかってる
でもそれは無視する口実にはならない
俺たちが育てるようにと
キューピッドが蒔いてくれた種を
生まれたてのこの想いに息をさせよう
二人で育ててみないか
打ち捨てられた花は枯れ
そのままでは死んでしまう
だが誠実さと情熱と互いへの敬意があれば
俺たちは空高く舞い上がれる
だからお願いだ 見るものに惑わされず
心のリズムのままに
俺を信じて欲しい
暗闇の果てにあるものが見えずとも

In The Midst of Passion
(ADULTERY)

In The Midst of Passion 2 Figures stand
emerged in eestasy joined hand & hand
words R unnecessary feelings R Heard
The Body Takes control Deaf 2 words
It is at this stage THAT I THINK of u
In gratitude 4 this joy, u have exposed me 2
Each Day is Bright with you as the Dawn
with the collapse of each Night a strong bond is born
In the Midst of Passion I Remember your kiss
I Reminisse about your touch and Suddenly miss
The Scent u wear and the tone of your voice
Only u can be my choice
In the Midst of Passion
       I C U & Me
  Lost in constant ecstasy..!!

情熱の真っ只中で

（秘めごと）

二人の姿は情熱のさなか
手に手を取り合い 恍惚の中にいる
言葉は不要 感情が伝わるから
何も聞こえなくとも 体で語れる
その瞬間 感謝を込めて君を想う
こんな喜びを教えてくれたことに
君といれば毎日が夜明けのように輝き
夜が終わるたびに二人の絆は強くなる
情熱の只中 君のキスを想う
君の愛撫を思い出し 恋しさが募る
その身にまとう香り その声の調べ
君以外に考えられない
俺には見える
情熱の只中で恍惚に浸る二人が

2 PEOPLE WITH 1 WISH

There were 2 people with one wish.
2 Live a Life filled with Love
2 GOD THEY WOULD pray THAT 2geTHER THey'd STAY
UNDER THE STArs ABOVE
BUT someone else MADE A WISH
AT THE SAME Time ON THe same BreaTH
And although the WISH 4 love was granted
So was this evil wish 4 DeaTH
NOW I MAKE A WISH
SeaLeD WITH TEARS AND LAUGHTER
IT is My WISH THAT THese 2 Loves
R ReuNiTeD iN THe HereafteR

二人の願いは一つ

愛に満たされた人生を過ごしたい
そんな一つの願いを持つ二人がいた
二人は神に祈った
星々の下 いつも一緒にいたいと
だが同じ時 同じ瞬間に
別の祈りを捧げた者がいた
愛を望む祈りは聞き入れられたが
死を願う邪悪な祈りも同じく
俺はいま捧げる
涙と笑いで封じた祈りを
愛し合う二人が
来世で結ばれるように

Hours Pass By

I THINK OF U iN my Arms
AND what it would be like 2 Make Lov.
I think of u raising my SEED
  AND WHAT THEY'D BE mADE OF
I THINK OF How Alone I was
Before u came 2 Be
 I Think of the Joy I felt
when u Said u THOUGHT of me
Hours Pass By and cupid cries
  until we meet again
I'm proud 2 Be the Heart u
   Choose 2 Make a Friend

時は過ぎゆく

君を抱きしめることを想う
愛し合えたら どんな気分だろう
俺の種を宿す君を想う
どんな子になるだろう
君が来てくれるまで
どんなに孤独だったか
俺のことを考えてると
君が言い 俺が感じた喜び
俺は誇りに思う
君が友として選んでくれたことを
二人が再会するまで
時は過ぎてゆき キューピッドは泣き続ける

Just A Breath of Freedom

自由の空気を吸い込む時

Just A Breath Of Freedom
4 Nelson Mandela

Held captive 4 your politics
They wanted 2 Break your soul
they ordered the extermination
of all minds they couldn't control
4 u the fate was far worse
Than Just a Brutal homicide
They caged u like an animal
and watched u slowly die inside
As u Breath your first air of freedom
on the day u become a free man
Raise your Regal Brow in Pride
4 now you R in God's Hands
The life of many were given
so that this day would one day come
That the devils in Power at Pretoria
would pay for the evil crimes they've done

自由の空気を吸い込む時
ネルソン・マンデラに

政治を理由に囚われたあなた
連中はあなたの魂を挫こうとした
自分が支配できない者を抹殺しようと
むごたらしい死よりも悪い運命があなたを襲う
やつらはあなたを獣のように檻に入れ
心が死ぬ様を見届けようとした
あなたが解放され自由の空気を吸い込む日
誇りを込め　気高い顔で見上げて欲しい
その運命は今や神の手中にあるのだから
プレトリアで権力を握る悪魔たちが
自分たちの罪を償うべき時
たくさんの命が犠牲になった
いつか来る　こんな日のために

FOR MRS HAWKINS
                    IN memory of Yusef Hawkins

THis poem is Adressed 2 Mrs Hawkins
wHo lost her son 2 a racist society
I'm Not out 2 offend the positive souls
ONLy The racist Dogs wHo Lied 2 me
An American culture plague with Nights
Like the Night yusef was killed
if it were reversed it would be the work
of a savage but this white killer was just STRONG willed
But Mrs Hawkins As Sure As I'm a Panther
with the Blood of Malcolm in my viens
America will Never rest
   if Yusef Dies iN VAiN !

ホーキンズさんへ

ユーセフ・ホーキンズの思い出に捧ぐ

この詩はホーキンズ夫人に宛てたもの
人種差別だらけの社会に息子を殺された彼女に
俺は精一杯生きる善人たちを貶めたりしない
標的は嘘つきなレイシストどもだけ
ユーセフが殺されたあの晩のような夜
あんな夜はアメリカを蝕む病理だ
立場が逆なら「野蛮な犯罪」と見なされるのに
白人が犯人だと「意志が強い」で済まされる
でも俺はブラック・パンサー
マルコムの血を受け継ぐ者
ユーセフの死に報いるまでは
アメリカに安らぎは訪れない

THE SUN AND THE MOON

your ways R similar 2 the rays of the sun
warm 2 many but 2 strong 4 some
The more u R needed the brighter u shine
watched 4 2 long and your brilliance will blind
The 👁👁s of mortal men who threaten u with doom
They regret 2 c u set but it is time 4 the moon

太陽と月

あなたは太陽の光に似ている
温かいが 強すぎると感じる者もいる
求められるほどに明るく輝く
見つめ過ぎることは目を惑わす
運命だ とあなたを脅す人々の目を
去りゆくあなたを見て悔やむ彼ら
でも もう月の出番だから

"FALLEN STAR"

4 Huey P. Newton

They could never understand
what u set out 2 do
instead they chose 2
ridicule u
when u got weak
They loved the sight
of your dimming
and flickering starlight
How could they understand what was so intricate
2 Be loved by so many, so intimate
they wanted 2 c your lifeless corpse
This way u could not alter the course
of ignorance that they have set
2 make my people forget
what they have done for much 2 long
2 just forget and carry on
I had 2 loved u forever because of who u R
and now I mourn our fallen star

巨星墜つ

ヒューイ・P・ニュートンに

その志を理解もせずに
弱ったあなたを貶めることを選んだ彼ら
あなたの勢いがなくなり
光が暗くちらつくさまに喜んだ
誰からも愛される人を理解できず
彼らはあなたの骸を望んでいた
そうすれば あなたも戦えなくなる
俺たちが受けた仕打ちを忘れさせ
過去に葬ろうとする彼らの洗脳と
あなたをずっと敬愛してきた俺は
今はただ 堕ちた星を悼む

GOVERNMENT ASSISTANCE
or
MY SOUL

It would be like a panther
asking a panther hunter
4 some meat. All
HIGH School Dropouts R NOT DUMB
All unemployed aren't lazy
and there R many Days I hunger
But I would go hungry and homeless
Before the American Government gets my Soul

政府の援助か 俺の魂か

それは 黒豹が狩猟者に向かって
「肉をくれ」というようなもの
高校を中退しても低能ではない
失業者を怠惰と決めつけるな
空腹に苦しむ日もあるが
俺は飢えたホームレスでありたい
アメリカ政府に魂を売り渡すよりは

FAMILY TREE

4 MOTHER

Because we all spring
From Different Trees
Does not mean
We are not created Equally

Is the True Beauty in the Tree
or in the vast forest in which it breaths
THE Tree must Fight 2 Breed
Among the evils of the weeds

I Find greatness in the Tree
That grows against all odds
it Blossoms in Darkness
and gives Birth 2 promising Pods.

I was The one who grew from weeds
and wasn't meant 2 Be
Ashamed I am not in fact I am Proud
of my Thriving Family Tree

家系樹

母に

違う樹から芽生える俺たち
それでも平等に創られている

真の美は樹にあるのか
それとも森にあるのか
樹は雑草という悪と戦う
子孫を残すために

逆境と戦う樹の偉大さ
暗闇の中で花を咲かせ
未来のための種を残す

俺は雑草の中から生えた樹
その生まれを恥じるどころか誇っている
強く生き抜く 我が家系樹を

OR MY SOUL   Dedicated 2 MOMS
                     Dedicated 2 THE POWERS
                                 THAT B
The choice is no stranger 2 poverty
your soul or Government Assistance
I'm 18 in a Country with no path
4 A young unaddicted Black youth with a Dream
INSTEAD I am giving the Ultimatum:

あるいは 俺の魂

世の母たちと権力者に捧ぐ

貧困に苦しむ者に
この選択は馴染みのもの
自分の魂を守るか
政府の援助を受けるか
夢を抱き ドラッグなどやらない
そんな黒人青年に未来が見えぬ国
そこに生きる18歳の俺は
代わりに最後通牒を突きつける

WHEN URE HERO FALLS
4 my Hero (my Mother)

when your hero falls from grace
all fairy tales R uncovered
myths exposed and pain magnified
The greatest pain Discovered
u Taught me 2 Be strong
But I'm confused 2 c u so weak
u said never 2 give up
and it hurts 2 c u welcome defeat
When ure Hero falls so Do the stars
and so does the perception of tomorrow
without my Hero there is only
me alone 2 deal with my sorrow.
your Heart ceases 2 work
and your soul is not happy at all
what R u expected 2 Do
when ure only Hero falls

英雄が地に堕ちる時

英雄つまり母に

英雄と崇めていた人が転落すると
夢物語や神話の真実が暴かれ
苦痛はこれまでになく広がる
強くあれと教えてくれたあなたが
弱っているのを見て困惑する俺
諦めるなと説いた人が
負けを認める様子は見ていて辛い
英雄が堕ちる時 星も輝きを失い
明日への希望も消え失せる
英雄を失った俺は一人で悲しみに立ち向かうことに
心は働かず 魂は打ちひしがれる
どうすべきなのか
英雄が堕ちてしまったら

UNTITLED

Strength is overcome By weakness
Joy is overcome By Pain
The Night is overcome by Brightness
and Love — it remains The same

無題3

強さは弱さに敵わず
喜びは苦しみに負ける
夜は陽の光に征服される
でも愛は……いつも変わらない

" U R Ripping us Apart !!!"

Dedicated 2 CRACK

Before u came The Triangle never Broke
we were Bonded and melded as one
But as the 2 pushed u away
The one got weak and embraced u
and now u r ripping us Apart

The worst feeling of helplessness
The greatest pain has rested in my heart
The vision of heaven fades
and the nightmare of loneliness has started

My Hero has been defeated by you
and now what can I do
watch as u Destroy us
and our love is finally Through

I know The worst is Here
I feel it in my Heart
u got into the circle
Now you're tearing us apart !!!........ !! ...

引き裂かれる俺たち

クラックに捧ぐ

お前が現れる前
家族三人は一体
強い絆で結ばれていた
家族のうち二人は拒んだが
一人はお前を受け入れた
そして今 お前は家族を引き裂いている

最悪にやるせない気持ち
かつてない苦痛が俺の心に宿る
天国は見えなくなり
孤独という悪夢が始まった

俺の英雄はお前に負けた
今の俺に何ができるだろう
俺たちの愛が消滅に向かい
家族が崩壊するのを見ているだけ

これがどん底というもの
それを心で重く感じる俺
お前は家族の輪に入り込み
俺たちを引き裂いた

A River that Flows Forever
4 mother

As Long as some Suffer
        The River Flows Forever
As Long As There is Pain
        The River Flows Forever
As Strong as a Smile can be
        the River will Flow Forever
And as long as U R with me
        we'll ride the River Together

永遠に流れる河

母へ

誰かが苦しむ間も
河は永遠に流れ続ける
苦痛というものがあろうと
河は永遠に流れ続ける
笑顔と同じように力強く
河は永遠に流れるだろう
あなたが俺と共にある限り
その河を二人で進んで行こう

Can U C The Pride In The Panther

Can u c the pride in the pantha
as He glows in splendor and grace
Toppling obstacles placed in the way
of the progression of his Race

Can u c the pride in the Pantha
as she nurtures her young all alone
The seed must grow regardless
of the fact that its planted in stone

CAN'T u c the Pride in the panthas
as they unify as one
The flower blooms with brilliance
and outshines the rays of the Sun

黒豹のプライドがわかるか

華麗かつ優美に輝く
黒豹のプライドがわかるか
種族として前進するため
道にある障害をなぎ倒して行く

独りで子供を育てる
母豹のプライドがわかるか
困難極まりない場所に生まれても
その種は芽生えなければ

一つに団結した
黒豹たちのプライドがわからないか
成長した花は鮮やかに咲き誇り
太陽の光すら打ち負かす

Tears of a Teenage Mother

He's Bragging about his new Jordans
   The Baby Just ran out of Milk
He's Buying gold every 2 weeks
   The Baby Just ran out of Pampers
He's buying cloths for his new girl
   & the Baby Just ran out of Medicine
U ask for Money for the Baby
   The Daddy Just ran out the Door

十代の母が流す涙

新しいエアジョーダンを自慢する男
子供はミルクにさえ事欠く
二週間に一度はゴールドを買う男
子供はオムツすら切らしている
新しいガールフレンドに服を買う男
子供のための薬は尽きている
その子の養育費を請われると
男は走って出て行く

" WHERE THERE IS A WILL ...."

where there is a will
There is A way
2 Search and discover
a Better Day

where a positive heart
is all u NEED
2 Rise Beyond
and succeed

where young minds grow
and respect each other
Based on their Deeds.
and not their color

When Times R DIM
say as I say..
"where there is A will
there is a way!"

固い意志さえあれば

意志があれば道は開ける
より良い未来を探しあてよう

必要なのは前向きな思いだけ
高みを目指し成功するためには

肌の色ではなく その行いに基づいて
敬意を抱き合うよう 若い心が育てば

先が見えない時にも俺は言う
「意志があれば道は開ける!」と

Liberty Needs Glasses

自由の女神に眼鏡を

Liberty Needs Glasses

excuse me But lady liberty Needs glasses
AND So Does mrs Justice By her siDe
Both the Broads R Blind As BaTs
  Stumbling Thru the system
Justice Bumbed iNTo Mutulu aND
  Trippin' oN Geronimo Pratt
  But stepped right over Ollver
  AND his crooked partNer RoNNie
Justice stubbed her Big Toe oN MaNDela
AND liberty was misquoTeD By the iNDiaNs
  Slavery was a learNiNg DHAse
    Forgotten with out a verDicT
while Justice is oN a rampage
  4 eNDaNgereD SurviviNg Black males
I mean Really if anyone really valued life
  aND cared about the masses
They'D take 'em Both 2 PeN optical
  aND get 2 pair of Glosses

自由の女神に眼鏡を

すまないが 自由の女神には眼鏡が必要だ
その脇にいる正義の女神にも
この女どもはコウモリなみに視力が弱く
システムの中でよろめいている
正義の女神はムトゥル・シャクールにぶつかり
ジェロニモ・プラットにつまずいた
でもオリヴァー・ノースと その相方
邪悪なロナルド・レーガンを跨いでいく
正義の女神はマンデラに蹴りを入れ
自由の女神はインディアンたちに誤解された
奴隷制度は単なる学習課程として
判決もなしに忘れ去られ
その間に正義は 生き残った黒人男たち
絶滅危惧種の彼らを相手に猛り狂う
命を尊び 民衆に心を配る人がいれば
あの二人を眼鏡屋に連れて行き
そして眼鏡を買ってやってくれ

How Can We Be Free

Sometimes I wonder about This place
Because we must Be Blind as Hell
2 Think we live in equality
While Nelson Mandela rots in a Jail Cell
Where the shores of Howard Beach
are Full of Afrikan Corpses
And those ~~that~~ Do live 2 Be 18
Bumrush 2 Join the Armed Forces
This so called "Home of the Brave"
Why isn't anybody Backing us up!
When they C these crooked ass Redneck cops
constantly Jacking us up
Now I Bet some punk will say I'm Racist
I can Tell by the way you smile at me
Then I remember George Jackson, Huey Newton
and Geronimo ~~and~~ 2 hell with Lady Liberty

このありさまで自由になれるか?

時おり不思議になる
俺たち黒人の盲目ぶりが
ネルソン・マンデラが独房で朽ちかけ
ハワードビーチは黒人の屍だらけなのに
この世界が平等と思っているとは
18歳まで生き延びると軍隊行き
「勇者たちの国」だとさ
レッドネック警官たちが俺たちを狙うのに
なぜ誰も加勢してくれないのか
こう言うと俺がレイシスト呼ばわりされるが
俺に向かって浮かべる笑顔でわかるんだよ
そして俺は忘れない
ジョージ・ジャクソン
ヒューイ・ニュートン
ジェロニモ・プラットを
自由の女神よ 地獄に堕ちろ

THE PROMISE

"I will give u Liberty, But First give me ure spirit,
This I must confiscate Because the evil Fear it"
I Too would be Afraid of passion governed By reason
An open mind 2 Trying Times when corruption is in
The promise that they claim
    2 Be completely True
is hypocrisy at it's finest
  A Trick 2 silence u
Never will I Believe a promise
from the masters of the Art
Trickery Does Not Succeed
with Those with Honest Hearts

約束

「自由を与えよう
だがまずは君の魂を差し出しなさい
悪を退治するのに必要なのだ」
俺だって 理性に支配された情熱は怖い
腐敗はびこる苦難の時代に開かれた心
やつらが言う「絶対に真の約束」は
偽善の最たるもの
黙らせるためのトリック
俺は信じない 虚言の巨匠の約束など
真っすぐな心の持ち主に策略は通じない

AND 2morrow

TODAY is FILLED WITH Anger
FUELED with HIDDEN HATE
Scared OF Being outcast
Afraid of common FATE
TODAY is BuiLT ON TrageDies
WHICH NO one WANTS 2 Face
NighTmares 2 Humanities
and Morally DisgraceD
TONighT is filled with rage
Violence IN the Air
cHildren BreD with RuthlessNess
  Because NO one AT Home cares
Tonight I Lay my HeaD DOWN
But the pressure NeveR stops
  GNawing aT my SONiTY
  CONTeNT when I AM DroppeD
BuT 2morrow I c change
A chance 2 Build A New
Built ON spirit, inTent of HearT
  and ideals BaseD oN truth
AND Tomorrow I wake with SecoND WIND
AND strong Because of PriDe
2 KNOW I FOUGHT with ALL my HearT 2 Keep My
                                    DreAm ALive

そして明日

秘めた憎しみに煽られた
怒りに満ちた一日が今日
仲間はずれを恐れて
陳腐な運命も怖くて
誰しも直面したくない悲劇の上に
築かれたのが今日という時代
人類にとっての悪夢
堕落したモラルの産物
今夜は憤怒に満ちた刻
空気にも暴力が漂ってる
無慈悲にも子供たちが血を流す
誰も気にかけようとしないから
体を横たえても
止まらないプレッシャーに
正気を食い荒らされるが
眠りに落ちて心安らぐ
明日は何かが違うはず
やり直すためのチャンスがある
魂を支えに 心が命じるままに
真実に基づいた理想をもって
そして明日 俺は気力を取り戻し 目を覚ます
夢を生かし続けるため
全身全霊で戦ったプライドと共に

NO-WIN
(DREAM poem)

Backed into a corner
alone and very confused
Tired of running away
My Manhood has been abused
NOT my choice 2 Be so blunt
But u must fight fire with flame
I allowed myself 2 run once
and was haunted by the shame
if I must kill I will and if I must Do it
I would but the situation is a NO WIN

勝つ見込みなどない

夢の詩

孤独と困惑の中
コーナーに下がる
逃げるのはもう嫌だ
男のプライドはボロボロ
好き好んで言うわけじゃないが
毒を以て毒を制さねば
以前 敵に背中を見せた時は
そのあとで恥辱に悩まされた
必要なら殺す覚悟はあるし
さらに必要ならもう一度
でも状況的には勝ち目なしだ

The unanswerable?
Question:
WHEN WILL THERE BE PEACE ON EARTH?
Answer: WHEN THE EARTH FALLS 2 PIECES!!

回答不能?

質問：地球に平和が訪れるのはいつ?
回答：地球が粉々に砕け散る時!

NIGHTMARES

Dedicated 2 those curious

I pour my Heart in2 this poem
and Look 4 the meaning of Life
the rich and powerful always prevail
and the less fortunate strive through strife
Mistakes R Made 2 Be 4given
We R 2 young 2 stress and suffer
The path of purity and positivety
has always ridden rougher
Your ~~Insatiable~~ Desire 2 Find perfection
Has made your faults magnify
Curiousity can take Blame
For the evil that makes u cry
It isn't a good feeling when u disobey your Heart
The nightmares haunt your Soul and your nervesRipp

Apri

悪夢
知りたいと思う人たちに捧ぐ

俺はこの詩に心を注ぎ

人生の意味を探そう

富と権力を持つ者はいつも勝ち

恵まれない者は必死で戦う

この若さで苦難を強いられる俺たち

間違いがあっても許して欲しい

純粋に 前向きに進もうとする道は常に困難

完璧を目指す思いが

欠点を大きく見せる

泣きそうになったら

好奇心を責めてみよう

自分の感情を裏切る気分は良くない

悪夢が魂を脅かし

神経が張り裂けそうになる

SO say GOODBYE

NOV 20

I'm going in2 this not knowing what I'll find
But I've decided 2 follow my heart & abandon my mind
and if there be pain I know that at least I gave my all
and it is better 2 have loved & lost than 2 not love at all
In the morning I may wake 2 smile or maybe 2 cry
But first 2 those of my past I must say goodbye

そして俺👁は別れを告げる

11月20日

___

何を見出すのかも知らず足を踏み入れる
俺は理性ではなく心が告げるままに生きよう
苦しみが待つにせよ 少なくとも最善は尽くした
愛して傷つくほうが 愛さないよりずっといいだろ?
朝 目覚めた時に微笑むにせよ泣くにせよ
まず実行するのは過去に別れを告げること

In The Event Of My Demise
Dedicated 2 those curious

In the event of my Demise
when my heart can beat no more
I Hope I Die For A Principle
or A Belief that I had lived 4
I will die Before my Time
Because I feel the shadow's Depth
So much I wanted 2 accomplish
Before I reached my Death
I have come 2 grips with the possibility
and wiped the last tear from my eyes
I Loved All who were Positive
In the event of my Demise.

俺が逝く時には

知りたいと思う人たちに捧ぐ

俺が世を去る時
心臓が鼓動を止める時が来たら
これまで貫いた信条と
主義のために死にたいと思う
俺は長生きできないだろう
深く 迫りくる影を感じるから
死を迎える その日までに
成し遂げたいことはたくさんあって
可能性と格闘してきた俺は
目に浮かんだ最後の涙を拭う
すべての前向きな者たちに愛を
俺が世を去る時には！

訳者あとがき

丸屋九兵衛（bmr）

　わたしの手元に『Tupac Shakur Legacy』という洋書がある。大判ハードカバーだが64ページしかない同書は、それでいて2パック／トゥパック・アマル・シャクールの生涯を多角的に描き出す意欲的な作品だ。著者は、本書のアフェニ・シャクールによる謝辞（p.8-9）の中に名前が見えるJamal Joseph。元ブラック・パンサー党員である。

　その『Tupac Shakur Legacy』の中にあるのが、こんな一節だ。

　「トゥパックはラッパー／俳優として大成することを信じていた。モハメド・アリやマルコム・Xは困難を乗り越えて偉業を達成したから、彼は労苦をむしろ歓迎していた（中略）そんな彼が、その信念を新たにする出来事があった。ある日、インナーシティ（≒ゲットー）を歩いていたトゥパックは、歩道のひび割れから生えている花を見つけたのだ。この光景に魅せられた彼は、それを自身の運命と重ね合わせた。自分は、過酷な環境の中で生き延びるのみならず、そこで開花する“ゲットーの薔薇”なのだ、と」

　だから、『ゲットーに咲くバラ』。

　本書は、1999年にアメリカで出版された詩集『The Rose That Grew from Concrete』の新訳版である。こうして、このタイミング（2017年末）で新たに邦訳出版されたのは、もちろん、2パックの伝記映画「オール・

アイズ・オン・ミー」の日本公開にあわせてのものだ。

　2PacことTupac Amaru Shakurは1971年生まれ。91年にソロデビュー。絶頂期の96年に撃たれ、亡くなる。だが死後も、その人気は衰えず、神格化されて今に至る……彼の人生をごくごく簡潔にまとめるとそうなる。それを補完してくれるのが、その映画「オール・アイズ・オン・ミー」であり、本書『ゲットーに咲くバラ』である。さらにうがった話（叔母はキューバに亡命中、とか）は、わたしの自著『丸屋九兵衛が選ぶ、2パックの決めゼリフ』にいろいろ書いた。ヒマな人は手に取るとよかろう。

　原著が世に出た1999年（もしくは以前の日本語訳が出版された2001年）と今の違いは、もちろん母アフェニ・シャクールが2016年に世を去っていることだ。彼女の存在の大きさは、映画「オール・アイズ・オン・ミー」を見れば、ひしひしと伝わってくる。

　ただし。本書の仕掛け人の一人であり、序説（p.16-19）も担当した教育者／音楽業界人のレイラ・スタインバーグは、同映画でも秒単位でしか登場しない。そのぶん、件の自著ではコッテリと取り上げたが。

　前書き各種の一端をなすイキな序文「トゥパック、天国で会おう」（p.12-15）を書いたニッキ・ジョヴァンニは黒人女性詩人。その詩集は、2パックの

愛読書の一つでもあった。彼女による序文はさすがの筆力だが、とつぜんプリンス論に脱線したりも。しかし、2パックがプリンスの大ファンだったという事実を思えば、これもまたよし。

　そうそう。プリンスにならったのであろう、2パックはyouをU、forを4、toを2と書くことが多い。ラッパー・デビュー後の曲名もそうだ。この詩集ではその傾向がさらに顕著で、一人称の代名詞「I」を目玉の絵で代用する場合がままある。そのプリンス流儀を活かすため、本書では2パックが目を描いている部分は、日本語ページでも目玉マークを埋め込んだ。

　p.38-39に登場する「ストリクトリー・ドープ」とは、若き日の2パックが組んでいたヒップホップ・グループの名前。「ひたすらかっこいい」という単細胞な命名が脱力モノだが、まあ10代だからな。その詩で言及されるRocとは同グループのラッパー、のちのRay Luvのことである。

　そのページとは全く関係ないのだが。

　出版社と編集者にやたらと感謝している著者や訳者は好きではないが、わたしはパルコ出版に礼を言っておきたい。「餅は餅屋」という諺の重みを知っている人たちだから。つまり、scratchを「切り傷」、wordを「言葉」と解釈する「翻訳家」に任せる出版社とは違う、ということだ。

訳者あとがき

　書籍であれ、映画であれ。ヒップホップに明るい者、アメリカ黒人史を多少なりとも囓った者に相談せずに「ヒップホップなんだから、これで（この程度で）いいだろ！」と断ずるのは、マルコム・Xの切手の絵柄を勝手に決めた白人たち（p.15）と同じではないか。

　2パックの文才が看過されていいものではないのと同様に。非主流派文化／マイノリティ・カルチャーへの敬意が総じて欠落したこの国を、わたしは憂いている。

175

Tupac Amaru Shakur:
The Rose That Grew from Concrete
Copyright ©1999 by The Estate of Tupac Shakur
Introduction copyright ©1999 by The Leila Steinberg
Foreword copyright ©1999 by Nikki Giovanni
The Japanese translation rights arranged with Pocket Books
through Japan UNI Agency , Inc., Tokyo.

The Rose That Grew From Concrete
ゲットーに咲くバラ　2パック詩集【新訳版】

2017年12月29日　第1刷

著者	トゥパック・アマル・シャクール
訳者	丸屋九兵衛
装丁	山﨑健太郎、中野 潤 (NO DESIGN)
校正	聚珍社
企画	岡 良亮
編集	志摩俊太朗
発行人	井上 肇
発行所	株式会社パルコ　エンタテインメント事業部
	〒150-0042 東京都渋谷区宇田川町15-1
	電話 03-3477-5755
印刷・製本	株式会社加藤文明社

©2017 PARCO CO.,LTD.
ISBN978-4-86506-253-3 C0098
Printed in Japan
無断転載禁止

落丁本・乱丁本は購入書店を明記のうえ、小社編集部宛にお送り下さい。
送料小社負担にてお取替え致します。
〒150-0045　東京都渋谷区神泉町8-16
渋谷ファーストプレイス　パルコ出版　編集部